물의 발톱

시작시인선 0500 **물의 발톱**

1판 1쇄 펴낸날 2024년 4월 12일
지은이 심은섭
펴낸이 이재무
기획위원 김춘식, 유성호, 이형권, 임지연, 차성환, 홍용희
책임편집 박예솔
편집디자인 민성돈, 김지웅, 정영아
펴낸곳 (주)천년의시작
등록번호 제301-2012-033호
등록일자 2006년 1월 10일
주소 (03132) 서울시 종로구 삼일대로32길 36 운현신화타워 502호
전화 02-723-8668
팩스 02-723-8630
블로그 blog.naver.com/poemsijak
이메일 poemsijak@hanmail.net

ISBN 978-89-6021-760-7 04810
      978-89-6021-069-1 04810(세트)

값 11,000원

물의 발톱

심은섭

천년의 시작

옹기가마에

장작불을 지펴

청자를 빚어내려고 했다.

그런데

모두 질그릇이다.

낯이 뜨겁다.

2024. 3.
미카엘관 501호에서

차 례

시인의 말

제1부 새의 발자국을 주워 오며

제2부 세상은 다시 원형으로 부활하고

제3부 영혼을 수선하는 늙은 미싱사

제1부 새의 발자국을 주워 오며

어떤 자화상

깃털이 다 빠져
체온이 빙점 아래로 내달리고 있는

한 마리 새가
허공에 발자국을 찍어 놓고
사라졌다

어떤 사내가
그 발자국에 죽음을 채우고 있다

퇴사역

사십 년 가까이 새벽마다 어둠 속으로 길을 내던 어떤 사
내가 출근 인식기에 마지막 지문을 찍고 사무실로 들어선다

책상 위의 만년 과장 명패를 반납한 늦은 저녁,
늑골이 헐거워진 몸으로 퇴근길에 오른다

그가 전동 열차 의자에 몸을 기대자 지난날들이 흑백 무
성영화처럼 스쳐갔다 병원비 미납으로 전세금이 압류당하
던 날, 인주 밥보다 더 붉게 울던 일이며, 전깃줄보다 더 늘
어진 공복으로 생이 경련을 일으키던 날들이며,

밤마다 쇠만섬 묽게 울음소리를 들으며 살던 날들이며,
속도에 중독된 타이어처럼 조련된 생으로 눈 밑의 다크서클
이 무릎까지 내려오던 날들이며, 험상한 IMF로 운명의 삽
질이 중단되기도 했던 날들이 떠올랐다

오랫동안 겪어 온 수난의 기억을 시나브로 말아 올리며
상념에 젖어 있을 무렵, 전동 열차 안에서 안내 방송이 들
려왔다

>

"이번 역은 퇴사역, 퇴사역입니다"

"내리실 문은 양쪽입니다"

기억의 주머니
—박수근의 〈빨래터〉

한 여인이 첫돌의 사내아이를 등에 업고 빨래를 한다 그
녀는 아이의 손금 속으로 무단 침입하려는 험상한 빈곤과
북극의 바람을 방망이로 두들기며 개울물에 헹구고 있다 그
럴수록 아이는 수탉이 불러들인 새벽으로 자랐다

그뿐만이 아니다 그 여인의 등은 인간 발전기이다 그녀의
등에서 생산된 단단한 모정이 등에 업혀 잠든 아이에게 온
종일 충전되고 있다 그때마다 아이의 저녁이 밝아지고 조촐
한 사주의 목록에 푸른 강물 하나 추가되었다

지금, 상수리나무 숲보다 더 울창한 웬 아이가 빈 빨래터
를 물끄러미 바라보고 있다 해일이 밀려오듯 속도에 중독된
시간이 집어삼킨 그 여인의 흰 그림자, 그 아이는 기억의 주
머니 속으로 그 그림자를 끌어들이고 있다

회전목마

허공이 나의 출생지이다 그러므로 네온사인이 발광하는 지상에 발을 내디뎌서는 안 된다 나의 운명은 자본에 조련된 동전을 등에 업고 결정된 생의 궤적을 그려 내는 일이다. 이것이 신이 내린 첫 계명이다

오래도록 변두리를 배회하며 사는 동안 두 눈은 퇴화하였으나 무딘 감각으로 겨우 허공에 길을 낸다 그런 까닭에 운명의 축을 이탈할 수도 없었거니와 갈기를 날리며 광란하는 질주의 본능을 잊어버렸다

밤꽃이 발정하는 유월, 변압기가 구워 낸 찌릿한 전류 한 덩어리로 식사를 한다 그것마저 배식이 중단된 날엔 공중에 정박해야 한다 오늘도 고독의 깃발을 나부끼게 만든 개똥벌레 한 마리 찾아오지 않는다

접시꽃

나는 그 꽃 속에 가만히 누워 본다 무명 저고리를 입은 한 노모의 무릎을 베고 있는 듯하다 그녀의 생이 바다에 다다를 때까지 꽃다운 꽃을 한번 피워 본 적이 없다 하지만 그 꽃은 지문이 다 닳은 손으로 나의 사주를 수선해 주었다

비록 허기로 펄럭이며 세상 밖을 기웃거리는 씨방의 씨앗들이지만 밥상에 보리개떡 한 조각을 놓고 곁눈질이 치열한 광경에 꽃은 가마솥에 맹물을 끓여 보았다 그러나 내장은 여전히 빙하의 계곡을 통과하지 못하는 날들이 즐비했다

꽃 속에 누워 있는 동안 바람이 몹시 불었다 새벽마저 연차되었다 꽃은 미풍에도 흔들리지 않으려고 베르디이 〈개선행진곡〉을 불렀다 그날, 정장 차림의 씨앗들을 담장 밖으로 내보내기 위해 스스로 오십 원에 거래되는 것을 보았다

열세 살의 셰르파

히말라야산맥은 신의 발가락이다 그는 그 발가락에 도달해야 한 끼의 빵을 얻을 수 있다는 것을 안다 30kg의 업을 지고 남체 바자르 3,440km를 오른다 출생의 환희보다 빈 젖의 맛을 먼저 눈치챈 열세 살의 셰르파,

산을 내려오는 하얀 얼굴의 황금빛 등산화와 발목에 맷돌을 매달은 것 같은 발걸음, 그것으로 산을 오르는 그의 고무슬리퍼가 교차하는 지점에서 까닭을 알 수 없는 전생의 죄라도 씻어 낼 요량으로 마니차*를 돌려본다

그의 손금으로 일몰이 몰려온다 어둠을 몰아낼 등잔 하나 없다 이를 위해 어떤 신神조차 고민하지 않는 세상을 지켜보던 개잎갈나무들이 어둠 속에서 이빨을 갈며 '고통이 고통에게 기대어 산다'고 혼잣말로 중얼거린다

* 마니차: 원통형 불교 도구.

독도학 개론

열도列島의 신분이 섬이라서 너를 섬으로 보는 거다 그러나 너는 섬이 아니다 무면허 사냥꾼에게 영혼이 거세된 강치들의 울음이 굳어진 대릉원이다 저녁마다 후지산의 수상한 기침 소리가 들려오면 도요새들이 어금니를 깨물며 맞서던 항쟁지이다

너의 영혼을 앗아 가려고 하면 할수록 대장장이가 무녀의 눈빛으로 찬물에 칼날을 담금질하듯 너는 온몸을 바닷물에 절이며 산다 그 소금기로 목숨을 연명할지언정 한 뼘의 영토도 넓혀 본 적이 없다 괭이갈매기들의 절망만을 건져 올렸을 뿐,

화산 폭발로 너의 온몸이 화상을 입을 때 신이 흘린 눈물 한 방울이다 피멍이 들어도 동해 바다가 산맥의 두 팔로 너를 떠받치고 있으므로 시시포스가 정상으로 들어 올리던 바윗돌을 가슴에 무수히 올려놓아도 너는 결코 가라앉지 않는다

구멍가게

근엄한 신사의 담배 파이프처럼 연기를 뿜어내던 공장 굴
뚝이
나무들의 저항으로 개기월식 중입니다
에스컬레이터가 밤낮으로 거리의 인적을 쓸어 담아 내자
그의 풍선껌은 풍선을 기억하지 못하고,
북어는 늙은 말의 눈빛으로 기둥에 매달려 있습니다

새벽마다 북 치고 나팔 불며
상한가 매출을 다짐하던 대형 마트도
정신이 시계태엽처럼 풀어져 시든 꽃의 표정으로 폐업을
선언했습니다 그때 창문의 귀를 굳게 닫고 살던 도시의
빌딩들도 일제히 경련을 일으키며 주의 기도문을 외워 보
지만,

50년의 오랜 세파에 시달리며 얼굴 곳곳에
저승꽃이 피어나도 그는 비문 같은 외상 장부에 적혀 있는
이름들의 젖은 영혼을 닦아 주려고,
폐업을 생각해 본 적이 없습니다 신도 슬퍼할 만큼의
질긴 벽창호인 까닭에 그의 몸은 아홉 개의 피멍입니다

맷돌의 궤적

어둠이 덧칠되는 저녁마다 백열등 불빛 아래에서 남녀 댄서가 부둥켜안고 탱고 춤을 추는 줄 알았으나 그는 누대로부터 이어 온 단단한 극빈을 타파하려고 입가에 흰 거품을 물고 도는 나의 파수꾼이었다

전쟁터로 나가는 장수의 얼굴 표정으로 개화한 지상의 꽃을 부정하며 온종일 공터를 배회하는 궁둥잇바람인 줄 알았으나 땀으로 생의 간을 맞추며 무릎이 해진 나의 영혼을 수선하는 늙은 미싱사였다

그가 허무를 신으로 숭배하며 공회전하는 물레방아인 줄 알았으나 제 몸을 갈아 인기척이 없는 굼뚝에 저녁연기를 피워 올리며, 어린 꽃들의 서늘한 하루를 봄날 같은 아랫목에 묻어 데우는 어머니였다

나이팅게일의 후예들

코로나와 명함을 건넨 적도 없거니와 얼굴을 본 적은 더욱 없다 다만 중국 우한에 살았다는 것과 그의 체구가 왕관처럼 생겼다고 방송국 앵커가 귀띔해 주었을 뿐, 그렇게 신원을 알 수 없는 자가 철쭉꽃이 만발한 한반도로 침입을 했다

그때부터 밀떡을 얻으려고 들판에서 등을 태우던 밀짚모자와 일 년 치 사글세를 마련하기 위해 굉음의 기계가 온종일 돌아가는 공장에서 피땀을 흘리며 일 원짜리 동전을 닦던 어둠 속의 궁핍들이 애원하는 생사의 아우성이 들려왔다

생환의 귀가를 도우려고 마스크와 고글을 입고 잠든 나이팅게일의 후예들, 타락한 인간의 땅을 정화하려고 흰 가운을 입고 목에 청진기를 걸친 히포크라테스의 후예들이 라파엘 천사의 눈빛으로 세상은 다시 원형으로 부활하고 있다

어흘리* 사람들

그곳엔 두꺼운 경전 같은 사람들이 산다 멧돼지가 몰래 은신 중인데도 어린 개조차 짖지 않는 곳, 오랫동안 거주하던 바람도 붓다의 웃음을 닮아 간다

직립의 느릅나무가 늦은 저녁을 떠나보내고 새벽을 불러오던 시간, 완행버스는 숙박업소에 벗어 두었던 낡은 엔진을 입으며, 도시를 향해 시동을 건다 출발의 경적을 울릴 때마다 사람들이 몰려와 좌석을 메우지만 모두 사람이 아니다 백발의 은관을 쓴 신들이다 그들이 걸어온 눈길 위엔 생을 긁어 대던 소리만 들릴 뿐, 발자국이 찍히지 않은 것에 대해, 내가 의문의 부호가 되어 갈 때 눈치 빠른 태양은 산문의 그림자를 지우며, 그들이 지나갈 길을 황금빛으로 채색했다

버스를 타고 온 신들이 도심의 정류장에 내린다 고층 빌딩들이 허리 굽혀 영접하며, 그들이 사용하던 '사냥 교본'을 받아 든다 허리에 찬 석기시대의 돌칼이 햇살에 반짝인다

* 어흘리: 대관령 자락 첫 동네.

만월滿月

공중에 떠 있는 둥근 집 한 채

저녁 귀갓길에 만취의 눈빛으로 바라보았다 어두운 저녁
이 풀어놓은 음모를 까마귀가 물어다 지은 빈 둥지인 줄 알
았으나 딛고 올랐던 사다리마저 끊어 버린 채 번뇌를 지우
는 한 여승의 암자였다

흰 이빨을 드러내며 검투사들의 하얀 죽음의 냄새를 기
억하는 사자가 피의 맛을 보던 로마의 원형극장인 줄 알
았으나 날카로운 발톱을 드러낸 적막을 밤마다 밀어내며 푸른
몸을 소금에 절이는 섬이었다

오랜 세월로 혀의 미각을 잃어버리고 기억상실증에 시달
리던 늙은 제빵 화덕이 허공에 걸어 놓은 대형 피자인 줄 알
았으나 지문이 닳도록 구원의 천을 짜던 사제들이 부활절
미사 시간에 들어 올린 성체였다

몰락한 왕조의 역사가 좀처럼 반성하지 않는 얼굴을 비
춰 보던 이끼 낀 청동거울인 줄 알았으나 봉황이 그려진 곤
룡포를 입은 오동나무가 되라고 은관을 쓴 여인이 나를 위
해 빌어 주며 띄운 풍등이었다

폐가전제품

신이 입력한 운명의 프로그램을 따라 길을 걸으며
한 번도 멈춰선 적이 없는 그는,
스스로 생의 궤적을 1mm도 이탈하지 않았다

불혹의 시절,
그는 부패한 진실을 놓고 선술집에서
소주와 이마를 맞대고 한판 싸우던 날들과
새벽과 저녁 사이에서 들려오는 극빈의 아우성으로
반성문을 쓰던 날도 있었다
한때는
무궁화꽃이 가득 핀 나비넥타이를 목에 걸고
초고속 엘리베이터가 승천하는
고층 빌딩 회전의자에 앉아 있던 날들도 있었으나
지금은 재활을 위해
서비스 센터에서 이마에 붉은 띠를 두르고 전신을
닦고 조이며, 재생의 그날을 기다리고 있다
그는 새파란 감각이 무뎌져
겨울에 핀 꽃을 기억하지 못하지만
시간을 접고 펴는 한 올의 신경은 여전히 푸르다

>
그는 내가 매일 읽어야 할 고전이고
결코 사라지지 않는 부활의 몸이다 그러므로 그를
꼰대라고 부르지 마라

환절기 2

한 통의 e-mail이 왔습니다
막차로 떠난 가을이 잘 도착했다는 내용이었습니다

PC를 끄고 이제 막 잠자리에 들려고 하는데, 누가 다급하게 창문을 두드렸습니다 얼굴이 샛노란 잔추가 당황한 얼굴로 비수를 든 겨울이 쫓아온다고 말했습니다 황급히 방으로 피신시켰습니다 군홧발의 12월이 나를 밀치고 금세 방으로 쳐들어왔습니다 잔추는 12월과 들소처럼 싸웠습니다 겨울의 쩌렁쩌렁한 목소리에 10월의 달력이 뜯겨 나갔습니다 온 대지는 하얀 상복을 갈아입고 대성통곡을 하였고, 강물은 스스로 이마를 쩌억 갈랐습니다 둘을 불러 놓고 화해를 시도했으나 막무가내였습니다

아내를 불렀습니다
보일러를 돌리라고 했습니다 모두 사월이 되었습니다

궁서체의 여자

허기에 찬 굴뚝에 저녁연기를 피워 내려고 그녀는
겨울나무처럼 서서 잠을 잤다

어느 날, 불현듯 얇아진 귀에 들려오는 풍문으로
사치와 부귀를 초서체로 써 보았지만
풀잎처럼 흔들릴 뿐,
붓끝에 젖은 먹물보다 몸은 더 어두워만 갔다
반칙은 타락을 낳는다는 것을 눈치챈 그녀는
다시 진지한 생의 획을 그어 보려고
빈 들판으로 나가 새의 발자국을 주워 오거나
사랑가를 부르다 죽은 매미들의 목록을 찾아 나섰다
달빛이 수수밭에 벗어 놓고 간
유행을 타지 않은 푸른 새벽을 데려오기도 했다
폭설이 내리는 날에 예정된 상견례로
궁핍과 정중한 악수를 하기도 했지만, 그녀는
삼색 볼펜으로 밤의 수염을 그리지는 않았다
은자령에 뭉게구름이 걸어놓은 자유 한 벌이나
보릿고개를 넘다 해산한 대추나무의 꽃잎 한 장도
탁발하지 않았다
어둠에 그을린 달의 영혼을 닦아 주려고

새벽마다 화선지에 천 그루의 사과나무를 그렸다

그녀가
한평생 눈물을 찍어 쓴
궁서체 편액 한 장이 오래도록 내 몸속에 걸려 있다

제2부 세상은 다시 원형으로 부활하고

사막으로 출가한 낙타

등에 짐을 지고 사막을 걸을 때마다 모래 폭풍은
나의 얼굴을 할퀴었습니다 상인들은
파티 드레스를 짜려고 내 몸의 털을 뽑아 가고
음료로 사용하려고 젖 한 방울마저 가져갔습니다

이런 일들을 모래 위에 써 놓았습니다
내가 그 모래 위에 써 놓은 까닭은
용서의 바람이 불어와 그 기록을 지워 주기를
원했기 때문입니다

밤마다 찾아드는 고독과
이마를 맞대고 성배에 독주를 담아 마시던 일이며
뜬눈으로 사막의 횡단을 거부하고
탁발한 달빛의 입술을 침실로 불러들였습니다

이런 일들을 정으로 바윗돌에 새겨 두었습니다
내가 그 바윗돌에 새겨 놓은 까닭은
반성의 바람이 불어와 그 기록이 지워지지 않기를
원했기 때문입니다

빙어의 비망록

참선하는 나의 선방은 얼음장 밑입니다 오랫동안 뜬눈으로 수행을 해야만 몸속 등뼈가 훤히 드러날 수 있습니다 그러므로 어두운 항아리 속 밀주처럼 살아서는 안 됩니다 그렇다고 깊이를 발설하지 않는 폐광 속 어둠으로 살아서는 더욱 안 됩니다

휘어진 바깥세상의 등을 펴 주려고 오직 지느러미로 목어만 두드리며 삽니다 금식의 규율을 지키려고 식사를 할 수 없습니다 그런 까닭에 나무젓가락을 한 번도 사용해 본 적이 없어 그 젓가락이 몰락한 왕조의 황후가 사용하던 비녀로 기억될 뿐입니다

이곳 수행의 엄한 계율은 저렴한 눈물을 허용하지 않습니다 그 까닭에 강물이 짤 리가 없으므로 비단잉어 혓바닥에 욕망의 이끼가 끼기도 하지만 달밤에 수달피가 던져 놓은 어망과 악수를 거부한 지 오래되어 이미 나의 두 손은 퇴화하고 말았습니다

바다로 가지 않는 강물은 없다

강변에 사는 수양버드나무들은 강물이 허리에 권총을 숨기고 서부 지역 금광을 찾아 떠도는 총잡이일 뿐이라며 빈정댔다 그러나 그믐달이 뜨면 산란을 위해 강의 하구를 찾아드는 연어 떼를 맞이하려고 밤낮 쉬지 않고 걸어갔던 것이다

모래 속에 은신 중인 모래무지들은 강물이 호프 향이 가득한 나이트클럽에 푸른 문신이 새겨진 팔뚝을 보여 주러 간다고 또 수군거렸다 하지만 먼바다에서 푸른 고독의 꽃이 온몸에 피어난 무인도를 예인하려고 황급히 달려간 것이다

바다가 강물의 무덤이다 그것을 알면서도 바다로 가지 않는 강물은 없다 나침반도 없이 바다로 간다 파도는 안타까운 마음에 온몸으로 그를 만류해 보았지만 강물은 한평생 꿈꿔 왔던 수평을 유지하려고 낮은 곳을 찾아 흘렀던 것이다

탕탕탕

가마솥 같은 무더위가 기승을 부리는 초복 날이다
세 발의 총성이 들려왔다
보양타~앙, 삼계타~앙, 염소타~앙 타당탕……,

개들은 주인집의 긴 어둠을 몰아낸 죄밖에 없다
닭들은 피를 토하며 새벽을 불러온 죄밖에 없다
염소는 하루도 빠짐없이 젖을 내준 죄밖에 없다

그것을 모를 리가 없는 식탐에 눈먼 사람들이
당긴 방아쇠에 쓰러져
뚝배기 유골함에 안치되어 있다

더한 것은 다음 날 총에 맞을 것을 예견하면서도
닭들은 태연하게 알을 부화했고
염소는 마구간에서 어린 새끼에게 젖을 물렸으며
개들은 밤새워 주인의 신발을 지켜 주었다

꽃게의 반복

　　그녀는 에덴동산에서 쫓겨난 이브이다 입 안 가득 거품 물고 곱슬머리 같은 생을 풀어 보려고 허기의 상습범이 되기도 하고 190수로 악의 어망을 짜기도 했다

　　그의 족적 안에선 한 됫박가량의 그믐달 빛이 익어 가는 중이고 서너 명의 반성이 둘러앉아 신약성서 마태복음을 푸른 통금의 사이렌 소리로 암송하는 소리가 들려왔다 그 무렵, 내 손아귀로 쇳덩이 같은 비가悲歌들이 아우성치며 무리지어 몰려오고 철없는 겨울이 있는 이마에 어떤 계절 하나 찾아오지 않았다

　　초고속 인터넷 검색창에 ㅇㅓㅁㅁㅏㅇㅑㅇㅓㅁㅁㅏㅇㅑ라는 이름을 밀어 넣고 엔터 키를 후려쳤다 지상에서 품절될 뭉게구름으로 제조 중이라는 팝업창이 떠올랐다

너의 뒷모습

지문이다
해산의 자정에 벗어 놓은 8분음표 울음이다
신神도 해독을 회피하는 암호다

턱을 괴고 바라보았을 때
태양을 향해 날아오르다 그을린 이카로스의
날개에 불과했다
검은 밤이 달빛과 정사를 치르는 저녁이거나
탐정이 포기한 미제 사건이었다
완강한 칠흑의 어둠이 방 안을 조여 올수록
새벽을 깨우는 무명의 나팔수였다

물고기의 눈빛으로 그를 바라보았을 때
상강에 핀 들국화이고
이동을 잊고 사는 눈먼 물푸레나무였다
활주로를 퇴역한 전투기였고
낙화로 결백을 주장하는 꽃잎이다
헐거운 등뼈를 맞추며 완행열차가 찾아드는
간이역이다

>
정면으로 보았다
감로수로 달의 뒤편을 닦고 있는 여승이고
내가 쪼아 먹던 천 개의 간이다

달의 자화상

　서른을 넘긴 첫째 아이가 말을 건넬 때마다 그의 몸속에서 내가 빠져나왔다 내가 그 아이에게 말을 건넬 때는 내 몸속에 나의 아버지가 산다는 것도 알았다

　태양이 붉은 체온을 식히는 시간을 내가
　수없이 생산해 내는 동안,

　내 몸속에서 열두 개의 달이 떠올랐다 그럴 때마다 쉰 살의 9부 능선을 넘는 나에게 저녁노을을 등에 업고 들려주시던 아버지의 사냥 교본을 읽으며 산다

　낮달이 무심코 교차로를 건너는 동안
　라일락꽃이 피고

　늦은 오후가 밤 아홉 시 쪽으로 점점 기울어질수록 나는 아버지의 뒷모습을 필사하며, 혹은 그가 헛기침하며 뱉어낸 생의 질박한 무늬와 질량마저 표절한다.

　내가 서 있던 언덕에 긴 칼을 찬 첫째 아이가 해원을 바라보며 서 있다 그의 몸속에서도 내가 푸르게 기억하던 열두 개의 달이 원형을 간직한 채 떠오르고 있다

만삭의 여인 1

어제 밤의 취기가 가시지 않은 눈빛으로
그녀를 바라보았을 때

절벽에 매달린 한낱 말벌집이거나 사막여우의 발자국이
찍힌 모래언덕쯤으로 알았다 그러나 심해에서 길어 올린 양
수로 가득 채워진 궁궐 한 채였다

양귀비꽃의 가슴에 붉은 허무가 채워지는 소리를 들으며
그녀를 바라보았을 때

본적을 잃어버린 높새바람이 살던 둥근 움막집이거나 몰
락한 왕조의 능인 줄 알았다 그러나 화강암으로 촘촘히 쌓
아 올린 산성이었다

컴컴한 밤에도 위조지폐의 표정을 읽어 내는
수전노의 감각으로 그녀를 바라보았을 때

얼굴 없는 당목을 섬기는 성황당이거나 카인의 후예들의
갈비뼈를 넣어놓은 폐석장인 줄 알았다 하지만 천 개의 여
신들이 지키는 신전이었다

만삭의 여인 2

그는 태아의 역마살을 지우려고 정갈한 의식을 치르고 난 뒤, 궁궐 한 채를 짓기 시작했다 서른 살의 주춧돌 위에 잘 다듬은 행운목으로 기둥을 세우고, 기둥과 기둥 사이의 벽은 늪에서 홀로 잘 익은 갈대로 엮고, 암반수로 반죽한 황토를 발랐다

사계절 부활하는 산맥과 싱싱한 새벽 종소리가 떼 지어 몰려오도록 동창을 냈다 먼 길을 떠날 때 좌표로 삼을 북두칠성이 보이도록 지붕은 무명천으로 씌웠다 질긴 모성애로 담장을 치고 밤이 주도하는 집회를 막으려고 문설주에 외등도 달았다

실눈을 한 산짐승들의 수상한 이동을 감시하려고 사방을 살필 망루를 세웠다 상수리나무들의 그림자가 나의 사타구니로 빠져나갈 때 그녀는 궁궐로 들어와 빈방에 가만히 누웠다 그때 만월의 자궁 속에서 어둠을 깨는 첫울음 소리가 세상을 깨웠다

발가락을 말리는 비단뱀

우주에서 길을 잃고 헤매던 인공위성이
어둠을 닦아 내던 개밥바라기 별의
어깨를 부러뜨린다

잔뜩 고삐 풀린 공장 굴뚝의 검은 연기는
폐수의 흥분을 부추기며
간통을 시도한다

그때,
꽃들의 유방에서 고름이 흘러내렸고
비단뱀은 아홉 개의 발가락을
봄볕에 말리고 있었다

안구건조증을 앓는 갈참나무 잎맥 사이로
팔짱을 낀 내가 무심히 걸어간다
별의 얼굴이 황달색이다

교동 7호점의 김밥

늦은 저녁,
배달부가 식탁 위에 놓고 간 검은 비닐봉지 속에
한 마리의 검은 고래가 누워 있었다

그 고래는
파도가 벗어 놓은 먹물빛 허물로 싸여 있었다

그는 지느러미를 흔들며 내 입 속에 정박하기까지
어부들이 쏜 수중 작살을 피해 가며
천 년 동안 바다의 수호령으로 살아왔으리라

한때는 수평선 너머로부터 들려오는 풍문으로
주파수마저 끊어 버린 채
태평양 한가운데에 외딴섬으로 살기도 했으나

포대자루처럼 늘어진 나의 저녁을 위해

푸른 새벽을 얇게 썰어 만든 오이와
보조개가 패이도록 웃는 이팝꽃을 입에 가득 물고
맨발로 찾아온 혹등고래였다

설악산 흔들바위

밀고 밀어도 추락하지 않는다

의심을 잔뜩 품은 바람 한 점이 바위 속을 들여다보았다
흠칫 놀란 표정이다 그 바위 속엔 세상에서 가장 작은 암자
한 채가 보이고, 수행 중인 고승도 보인다 고승은 언제부턴
가 세상 밖을 거부하며 바위 속으로 타고 들어갔던 사다리
마저 부숴 버리고 산다 봄날, 그는 꽃들이 찾아와 바위를 흔
들 때마다 터진 영혼을 수선하며 목어를 두드린다 꽃이여,
바람이여, 더는 저 바위를 흔들지 마라 저 바위를 흔들수록

너만 더 흔들릴 뿐이다

양파밭의 수난기

양파꽃에 벌들이 모여 꿀 파티를 하고 있다 수정을 끝낸 사과나무도 개화를 서두르고 있다 재래시장으로 나갈 채비를 마친 쑥갓의 입술엔 나비의 애무가 한창이다

모두가 양파밭에 모여 목숨의 천을 짜는 오후

007가방을 든 먹구름이 양파밭으로 떼 지어 몰려와 푸른 지폐를 난사한다 그로부터 담장을 기어오르던 강낭콩이 회색빛 얼굴로 황급히 교회당으로 몸을 숨기고,

하늘을 찌르는 듯한 굴뚝은 파이프를 입에 물고 연신 검은 ㄲ만을 뽑어낸다 ㄱ ㄲ만을 마신 풍뎅이들은 입술에 돋아난 물집 몇 채 들고 변두리로 이주했다

그날부터 하늘엔 검은 달이 떠올랐다

말

말 좀 붙여 보려고 딱풀 하나 산다
말을 걸어 보려고 옷걸이를 산다
말을 깨물어 보려고 인포메이션을 찾는다
식도를 타고 올라온 말과 말 사이에는
풀어지지 않는 '이해'가 울고
풀어지는 '오해'가 웃고
마음속에 슬픔이 기쁨으로 오면
목청을 울리게 하는 하나의 몸짓,
말은 칼이다
날카로운 발톱을 세우고
신발을 벗은 말이 달린다
울음소리가 난다 징의
울음소리에 사람들은 생을 건다
생이 깨지고 깨진 그 생을 다시 잡으려고
말이 아니다 사람들은
말에 먹히고 말은 사람들에게 먹혀서
말은 할 말을 잊고 말없이
말발굽 아래에 묻힌다
달린다 말을 몰고 달린다
입에 말을 물고 말은 말하지 않으며

말이 말을 업고 간다
말이 말처럼 달린다

부르카의 여인

부르카를 쓴 여인이 머리에 어둠을 이고 길을 간다

저 부르카 속엔 불안한 두 눈동자만 있을 뿐,
그래서 사계절이 온통 밤이다
태양도 달도 뜨지 않는 저 동굴 속에
새벽은 없다 올 기미조차 보이지 않는다

부르카의 방충망 같은 틈새로 보이는 것은
철모를 눌러쓴 군홧발이 총구를 손질하는 것과
허기를 채우러 매립장으로 찾아가는
새들을 향해 이념의 방아쇠를 당기는 광경뿐이다

저 어두운 밤을 걷어 내 줄
어떠한 발광체도 발광을 거부하며 눈을 감고 있다
한낮에도 어두운 여인들,
그들의 두 눈은 점점 퇴화되어 가고 있다

눈이 퇴화된 것은 모두 독을 품고 있다 뱀처럼……,

제3부 영혼을 수선하는 늙은 미싱사

쉬파리

　반 평 남짓 백반집 식탁에 앉아 점심 밥상을 기다리는 중이었다 몸무게가 1g도 채 안 되는 쉬파리 한 마리가 식탁에 내려앉는다 그는 두 눈을 굴리며 발 빠른 걸음으로 나에게 바짝 다가와 다짜고짜로 두 손이 닳도록 빈다

　그때 "나는 여의도 황금 배지도 아니고 홀로 핀 패랭이꽃일 뿐이고, 신용카드 사용 대금을 틀어막으려고 월말마다 두통을 앓는 샐러리맨이고 비를 맞아 땅 위에 납작 엎드린 폐허의 종이박스일 뿐⋯⋯"이라고 중얼거리는 사이에

　더 가까이 다가와 나를 빤히 쳐다보며 싹싹 빈다 흰 고봉밥을 허물며 또 생각했다 "노상 방뇨 범칙금도, 교회의 헌금도 꼬박꼬박 냈다"고 생각하던 그 순간, 그것은 며칠 전 고스톱 판에서 광값을 떼먹은 나에게 보내는 팔뚝질이었다

밥꽃의 여자

코로나 감염으로 아내가 밥을 짓지 못해
내가 밥을 지었다

철이 덜 든 밥알, 까칠까칠한 밥알
영혼이 빠져나간 밥알
훅 불면
민들레홀씨처럼 날아갈 듯한 밥알이다

서툴게 생의 돌담을 쌓는 나의 모습에
그녀가 벌떡 일어나 밥을 짓는다

철이 든 밥알, 별사탕 같은 밥알이다
이팝꽃이다
경전의 활자 같은 밥알
흰 미소를 짓는 다이아몬드의 집합체,

철이 들어야
철이 든 밥을 지을 수 있다는 것을 이제
겨우 눈치챈, 이 저녁

에밀레종

아파야 한다 더 아파야 한다 네가 아파 울 때
해산 날이 다가오는
말리꽃이 나뭇가지에서 몸을 풀 수가 있다
아니다
식사를 거르며 공전하던 에스컬레이터가
겨우 땀을 식힐 수가 있다

아파야 한다 아파서 죽도록 피 울음을 토할 때
천 년 동안 잠들었던 내가
정정한 가을 연못처럼 깨어날 수가 있다
아니다
맹금류들의 발톱이 어느 때보다 청빈해지고
길고양이의 빈 내장에 화색이 돈다

아파야 한다 더 아파야 한다 네가 한없이 울면
태풍으로 실명한 일개미에게
컵라면이 익어 가는 저녁이 다가올 수 있다
아니다
어둠에 묻혀 있던 그믐달이
푸른 사리를 한 줌 쏟아 내며 열반에 들 수 있다

삼 단 조화

장례식장 입구에 양다리를 뻗치고 그가 서 있다 그의 얼굴이 무언가를 아는 듯이 흐린 하늘처럼 굳어 있다 나는 그의 몸속으로 들어가 보았다

1단

살구꽃이 만발한 집 한 채가 보였다 바람의 몸 밖으로 웬 사내아이가 걸어 나와 빈 젖을 물고 툇마루에 누워 웃고 있다. 신명이 난 산제비들이 떼 지어 몰려와 문설주에 등불을 내걸었다 잔뼈가 다 자란 아이는 푸른 망토를 입고 도시로 떠났다

2단

그는 모래언덕에 신전을 짓기로 했다 니크롬선 햇살을 잘라 기둥을 세우고 뭉게구름 몇 장 떼어 지붕을 덮었다 담장은 적막을 단단하게 뭉쳐 쌓았다 허공을 마름모꼴로 톱질하여 만든 창문은 동쪽으로 달았다 가끔 영혼이 지친 흰꼬리 모래여우가 쉬고 갈 암자도 지었다 황톳빛 담벼락에 '말구*'라는 문패를 달아 놓고 가만히 눈을 감고 신전에 누웠다 마른 풀단 같은 몸이 공중으로 떠올랐다

>

3단

　도착하는 날을 기억이라도 하듯 얼굴이 없는 사람들이 마
중을 나왔다 날개가 달린 흰 말이 들고 있던 저울로 그의 전
생을 달아 보았다 파르르 떨던 눈금이 오른쪽으로 기울었다
그때 어디선가 굵은 음성이 들려왔다 그는 벽이 열리는 쪽
으로 천천히 걸어갔다

　통곡하는 소리에 잠에서 깨어났다 창밖엔 흰 눈이 그 사
내가 걸어온 길을 지우고, 검은 상복들이 만가를 부르며 허
공에 만장을 게양하고 있었다

＊ 말구: 세례명 마르코.

감나무의 100년사

그녀는 청호동으로 건너오는 갯배가 잘 보이는
망향탑 한 귀퉁이 공터에 자리잡고 산다

홀로 바다를 지키던 갈매기섬을 흔들어 놓고
해풍도 가끔 다녀간다
그녀는 밤새도록 외등을 끄지 않는다
긴 목을 더 길게 내밀고 북쪽의 흰 그림자를
한 번만이라도 보려는 백 년의 기다림,
상봉의 그날까지 버티려고
온몸에 이정표처럼 살이 찐 잎을 달고 산다
무사히 찾아오라고
혹은, 그 잎을 보고 찾아올 수 없은 거라는
스스로의 의심으로
홍시의 깃발을 흔들며 북쪽을 응시하고 있다
눈꽃이 나뭇가지에 피어나는 계절이
수십 번 반복되어도 그는 돌아오지 않았다
마지막 갯배가 굳은 표정으로 부두에 닿았다
한 양동이의 그리움이며, 한 상자의
절망과 한 됫박의 슬픔만 승선하고 있을 뿐,
100년을 기다리던 그 사람은 보이지 않는다

한참 동안 땀을 식힌 마지막 갯배는
저녁 어둠을 가득 싣고 북쪽으로 향한다
부두엔 고무줄보다 질긴 그리움만 채워진다

그녀가 설해목의 고통으로 살아온 100년,
올해는 심한 기침으로 홍시 한 알 열지 못했다

개띠들의 자화상

도시가 1cm자란 새벽을 은장도로 잘라 내고 있다

닭들이 죽어 간다 꽃 속의 닭들도 팔월의 빙점에서 죽어 간다 어떤 닭은 통금의 사이렌 소리처럼 죽어 가고 어떤 닭은 잉어 비늘로 말라 간다 끝내 깊이를 발설하지 않는 동굴처럼 살아가던 수탉은 월급봉투를 손에 쥐고 한 번 더 죽어 간다

개띠들이 갈앉는다 신생대의 개띠들도 공룡들의 새벽을 기억하다 죽어 간다 어떤 개띠는 허기의 임계점을 향해 걸어갔고, 어떤 개띠는 폐쇄된 간이역으로 귀화했다 나침반을 잃어버린 개띠는 비석을 세우고 한 번 더 각혈을 한다

낮달이 사라진다 푸른 지폐가 쏘아 댄 예광탄을 맞고 순례 중인 낮달이 죽어 간다 어떤 낮달은 신호등 아래에서, 어떤 낮달은 허공에 펄럭이던 흰 깃발을 안고 죽어 간다 몰락한 태양을 숭배하던 낮달은 수의를 한 겹 더 기워 입는다

늙은 느릅나무 아래로 연둣빛 무덤이 모여든다

수신하지 않는 e메일

창밖엔
달이 떠오르고
내 기억의 언덕으로 두 얼굴이 떠오른다

천상에 계신 아버지께 명절 쇠러 오시라고 e메일을 보냈
다 지금까지 아무 소식이 없다 조명이 휘황찬란한 천상 나
이트클럽에서 러브 샷을 하거나 다방 마담이 건네는 모닝커
피를 마시며 한량 한 시간을 보낼 거라고 의심했다

지난해 유월쯤, 천국행 열차표를 예약하고 대기 중이시
던 어머니마저 아버지를 찾으러 간다며 집을 나가셨다 역시
그 흔한 문자 한 통 없다 아버지를 찾다가 지친 어머니도 천
상 카바레에서 지르박을 추고 있을 거라는 풍문이 파다했다

이런 생각을 해봤다 노부부가 천국에서 오랜만에 만나
레스토랑에서 와인을 마시든, 공원 벤치에 앉아 백 년 고
독의 성을 허물고 계시든, 아니면 반지하 사글세 방을 얻
어 신방을 차리시든, 한 줄의 e메일이라도 보내 주었으면
좋겠다고……,

\>

늦은 저녁에

두 개의 휴대폰 번호를 삭제하는 순간

시청에서 '미아' 접수 문자가 내게 날아왔다

목어 木魚

너의 전생은 살구나무였다 몸속 내장을 다 비우고
오랜 수행 끝에 물고기가 되었다 그러므로
이 순간에도 뜬눈으로
허기진 맹수처럼 울어야 한다 아니다 오직
가마솥의 사골이 우러나는 것처럼 울어야 한다

그러할 때

지친 강물들이 발맞추어 바다에 도달할 수 있고
황금빛 정장을 한 태양이 밤을 몰아낸다
천둥소리로 울어야 한다
그렇게 울지 않으면 저녁 들판의 허수아비들이
천 년의 잠 속에서 깨어나지 못한다

북극의 빙하가 갈래지는 소리로 또 울어야 한다
한낮, 우박의 습격으로 생이 무너진 배춧잎들이
다시 신발 끈을 동여매고, 태풍에
정신을 잃고 깜빡이는 신호등이 깨어날 수 있다
아니다

>

길거리에서 저렴하게 매매되던 나의 낡은 영혼이
새벽처럼 깨어날 수 있다

은행나무골 사거리의 풍경

1.

신용카드가 결제되지 않는 대원미니슈퍼 철이 할머니, 철이가 루사*를 따라간 뒤 우체통만 바라본다 아랫목에서 파닥거리는 철이 어리광에 할머니는 기둥에 걸려 있는 황태를 닮아 간다 이른 새벽에도 그가 걸어온 길을 찾아보려는 듯 보도블록에 내려앉은 어둠을 쓸어 낸다

2.

그 시간, 밀린 가게 월세로 밤새 열병을 앓던 건너편 복권방 함 씨, 무릎까지 차오른 어둠을 헛기침으로 풀어낸다 이층 옥상으로 올라가 '당신이 크게 웃는 그날까지'라고 쓰인 현수막에 쌓인 눈을 한 방울의 물이 되라고 아래층으로 밀어내며 "매화는 아무리 추워도 꽃을 피운다"며 중얼거린다

3.

동해 방면 돌산반점의 자장면 냄새가 지나가는 사람들의 발목을 잡는다 쉰 살에 분양받은 15평 아파트의 체납된 중도금 납부 날짜가 밤마다 불면증으로 찾아와 두 눈 부릅뜨고 수타면을 뽑는 주방장 강 씨 어깨의 이두박근에 눈빛이 오래 머문다 팔뚝에 '一心'이라는 푸른 문신이 더 선명하다

>

4.

　노모의 치료비로 그의 손끝에 압류 딱지가 붙은 뷰티머리
방 올드미스 박의 가위질이 한창이다 가윗날을 새파랗게 세
우고 뱀눈으로 달려와도 그의 얼굴은 늘 회색빛이었지만 춘
사월 초이렛날 면사포를 씌워 준다는 키 큰 사주단자가 있
어 가위질은 더 빠르고 가볍다

　정지선에 서서 은행나무골 사거리 풍경을 보던 덤프트럭
이 목이 길어진 슬픈 비늘을 털어 버리고 푸른 신호등을 따
라 직진 페달을 밟고 있다

* 루사: 태풍.

환전소의 여인

인디언들이 북을 두드리며 광야를 휘몰아치듯
스콜이 지나간다
푸켓 빠통 시내가 전신에 경련을 일으킨다

한 여자가 반 평 남짓 환전소에 갇혀 있다
그녀의 옆구리를 쿠~욱 찌르면
한 됫박의 고독이 주르르 쏟아질 것만 같다
내 의심의 끝은 필시, 그녀의
관자놀이엔 폐허의 도시가 있었으리라는 것,
돼지의 배변을 받아 내던 어느 시골 마을이
그녀의 출생지였으리라는 것, 하지만

밀폐된 공간 속에서도 조금도 무너지지 않는
그녀의 살인적인 미소, 나의 편견에
독을 타기 시작했다
그 웃음 속엔 테레사 수녀가 살고 있었고,
닻줄을 내려도 도무지 분노를 드러내지 않는
수십 미터의 우물이었다
한나절 동안 그 우물에 귀를 대고 있노라면
사막의 낙타들이 목을 축이려고

그녀의 이름을 검색하는 소리가 들려왔다

또다시 스콜이 환전소를 물어뜯을 것 같으나
여인의 청귤 같은 웃음을 잠재우지 못했다
내 마음도 나도 모르게 바트로 환전되는 것을
알았다

방충망의 노신사

매미가 아파트 방충망을 끌어안고 처절하게 운다

얼핏 들었을 땐 어두운 빈방을 노려보며
한 방울의 피로 허기를 채우려는
암모기가 히죽대는 소리인 줄 알았다 하지만
고개를 숙인 채 뙤약볕 아래에 일렬로 서 있는
해바라기들의
영혼을 일깨워 주는 주술사의 주문이었다

생의 유통기간이 김밥처럼 잘려 나가는
저렴한 서러움을 달래 보려고
막걸리 한잔 들이켜고 집으로 돌아온 사내에게
한 여자가 바가지 긁는 소리인 줄 알았으나
열세 살의 광대가 판소리 열두 마당을 완창하는
절규였다

아니다 어떤 별도 뜨지 않는 어두운 밤, 끝내
열대야를 견디지 못한 석류가
지상으로 자결하는 소리인 줄 알았다 그러나
지뢰 꽃이 핀

차가운 38선을 넘다 잃어버린 어미 소를 찾는
늙은 송아지의 붉은 오열이었다

한 생이 휘어진 노신사의 젖은 가슴으로 여전히
생이별의 찬바람이 불었다

등나무의 순교

벌목공의 톱날에 무참히 순교한 등나무가
고해기 회전 원판 사이를 통과한 뒤 하얀 이념의 A4를
낳았다
그때부터 그 하얀 이념의 A4에서
죽은 새의 울음소리가 들리거나 혹은 쉼 없이
흰 피가 흘러내렸다

그 하얀 이념의 A4는
만년필의 펜촉이 닿을 때마다 경련을 일으키며,
어느 재벌의 금괴를 그려 주거나
허름한 벽난로의 불쏘시개 노릇을 할 뿐이었다
더 안타까운 것은
신이 떠난 푸른 별이 신열을 내며 몹시 앓았다

누구도 하얀 이념이 나무의 상처인 것을 모른다
하얀 이념은 나무의 신음이고
한 올의 신경이며, 끝을 모르는 탄식이다
한 절음의 생살이다 지금도
프린터의 허기진 욕망을 채우는 한 장의 식사로
통과하고 있다

멍게

그는 갯바위에 앉아 전생의 원죄를 씻으려고 철야기도 중이다 입과 귀를 닫아 버린 지도 오래다 파도 소리의 소유권마저 거부하며 산다 그의 재산 목록엔 북방 해달의 울음 한 접시와 거처하는 붉은 피낭 한 채뿐이다

낙타의 검은 눈물을 가득 싣고 암달러 시장을 표류하는 유조선과 온순한 허공을 깨우며 욕망의 원을 그리는 드론의 프로펠러를 잊으려는 듯, 두 눈은 퇴화했다 단순한 생의 궤적을 위해 신에게 두 다리도 요구하지도 않았다

그저 목숨을 연명할 만큼의 주먹밥이 서식할 1cm의 내장과 몸속 어둠을 몰아낼 달빛 몇 가닥과 한 뭉치의 고독을 묻을 섬 하나가 필요할 뿐, 하지만 육지의 불빛들은 여전히 어망의 지뢰를 내 발목 아래에 묻고 있다

물의 발톱

달에서 지구의 플라스틱 병이 발견되었다
그 사실을 지구를 향해 황급히 타전했으나

인류가 벌집의 애벌레를 털어 먹었고, 피조개가 소유했
던 갯벌을 갈아엎고 세운, 공장 굴뚝의 연기를 들이마신 나
팔꽃이 성대결절로 나팔을 불지 못해 새벽을 불러올 수 없
다는 것이다 산속 벌목공들의 톱질 소리에 숲들이 원형탈모
증에 시달리고 있다고 산새들이 또 신문사에 제보했으나 입
에 거품을 물고 쓴 기사 하나 없다

신문을 읽던 빗방울들이 치를 떨며 강가에 모여 완강한
쇠사슬의 스크랩을 짜고 황톳빛으로 흐르기 시작했다 그때
그들의 발톱을 나는 처음 보았다 그 발톱으로 지상의 모든
길을 집어삼켰다 겁에 질린 어떤 나무는 겨울에 붉은 꽃을
피웠다 종족 번식을 위해 여름밤과 협상하던 달맞이꽃의 생
식기마저 알뜰하게 거세하고 말았다

온순한 물방울이 악어의 DNA를 얻으려고
아프리카로 떠났다는 풍문이 나돌았다

회항하지 않는 강

그가 바다로 떠나가던 날,
흰 눈이 내렸다
전나무들은 하얀 얼굴로 허리 굽혀 서 있었다

봄은 두꺼운 빙벽을 뚫고 어김없이 돌아왔다 제비도 약속
을 한 것처럼 돌아와 처마 밑에 사글세를 얻어 놓고 산다 황
급히 밤 아홉 시를 가리키고 자정을 통과한 시곗바늘도 아
침 아홉시로 되돌아왔다

지난여름에 피었던 패랭이꽃도 한 평 남짓한 우편취급소
주차장에 또 피어 있다

하지만 내가 스물두 살 되던 해, 정면을 바라보며 바다로
떠났던 강물은 천 개의 밤을 몰아내던 달이 떠올라도 돌아
오지 않았다 월계관을 쓴 내가 회전의자에 앉던 날에도 그
는 돌아오지 않았다

식어 가는 아궁이에 세상에서 가장 따스한 불을 지피는
봄이 와도 그는 끝내 돌아오지 않았다

\>

더는 기다릴 수 없어
바다로 나가 강물의 신발 문수를 찾아와
내 기억의 횃대에 걸어 두었다

제4부 의문의 부호들이 산란하는 도시

아무도 슬퍼하지 않는 고독사

방 안쪽에서도 문을 잠글 수 없는 닭장 같은 방에
늘 홀로 강물처럼 흘러가던 그가
해안으로 떠내려온 나목처럼 누워 있다

제 이름조차 쓰지 못하던 저 손가락,
햇볕 한번 쬐 보지 못한 발바닥은 빙하의 계곡보다
군살이 더 두꺼워 보인다
옆구리는 용암이 흐르다 굳은 것처럼 주름져 있다
괘종시계가 다섯 번의 초혼을 외치는 오후
서늘한 광목천으로 덮인 그에게
낯선 쉬파리 몇 마리만 문상객으로 찾아왔다
방바닥에 납작 엎드려 두 손이 닳도록 비비며
극락왕생을 빌던 그들마저 돌아갔다.
땀에 늘 젖어 있던 몸, 말려 보지 못하고 떠난 사내
전세 계약서에 도장 한번 찍어 보지 못했을, 그리고
지상에 제 발자국 하나 제대로 남겨 보지 못한 채
목관 속에 몸을 눕혔다
그의 마지막 가는 길에 어둠을 풀어내던 하현달이
납빛 얼굴로 바라볼 뿐, 아무도 슬퍼하지 않는 몸,
마지막 숨을 들이켤 때까지

혼밥하던 식탁 위의 숟가락, 유난히 차가워 보인다

비가 무엇을 알고 있다는 듯이
온종일 내린다
공사장에서 흘리던 그의 땀줄기처럼 비가 내린다

늙은 도둑의 오후

지상에 잠시 들렀다가 많은 것을 훔쳤다 그것은
다시 돌려줄 수도 없거니와
신의 재산목록에서도 삭제될 수 없는 장물들이다

한평생 나는 큰 도둑으로 살아왔다
강건체로 주절거린 수천 통의 청혼 편지를
우체국 출입문의 돌쩌귀가 닳도록 날려 보내다가
성탄 전야에 어느 도심의 슬래브 집 지붕 아래에서
급기야 한 송이 장미를 보쌈했다
그 후 사기까지 깔끔하게 치며 살았다

원적지가 어딘지 해독할 수 없는
살찐 박달나무 모종 두 그루를 대낮에 또 훔쳤다
그들은 애증의 햇볕을 받아 잘 자랐다
가문의 비밀을 드러낸 채
시조부의 허락도 없이 버젓이 족보에 올렸으나
나를 훔친 시조부도 태클을 걸지 못했다

나는 지금,
박달나무가 훔쳐 온 손자 묘목을 은닉한 장물아비,

오후쯤, 천국 경찰서로부터
구류처분 출두 명령서가 곧 도착할 것만 같다

사월의 기우

화부산 기슭에서 무리 지어 살던 산벚나무들, 온몸으로 겨울과 실랑이를 벌이더니 기필코 LED 색등 같은 웃음을 피워 냈다

저녁에 어둠과 함께 강풍이 들이닥쳤다

잠자리에 막 들려는 그 순간, 내일이면 땅바닥에 죽은 꽃잎들의 살점이 이리저리 나뒹굴 것이라는 상념에 잠겼다

아침 일찍 일어나 창밖을 바라보았다

나를 조롱이라도 하듯이 웃고 있는 꽃잎들, 얼굴에 비록 상처가 깊었지만 지구를 떠받들고 있는 저 푸른 눈빛들,

땅 위엔 앞 발톱이 부러진 강풍만 지천이다

들판의 마시멜로

알뜰하게 단물이 빠져나간 풍선껌처럼
그들은 이마를 맞대고
논바닥에 동그마니 둘러앉아 있다

저 몸속에 무엇이 들어 있을까 멀리서 그들을 바라보며
나는 이런 상념에 잠긴다 논고랑을 따라 걷던 이앙기의 낡
은 엔진 소리와 백로가 벗어 놓은 몇 개의 물그림자, 더위를
쪄 내던 열대야를 물리칠 암자의 범종 소리가 가득하리라

허공을 배회하는 독수리의 눈빛에 가슴 졸이던 검둥오리
떼의 새파란 입술과 팔월의 뙤약볕에 지문이 다 닳은 아버
지의 뒷모습도 있으리라 동상이 걸린 채 얼음장 밑으로 기
어가던 강물과 빈 들판을 비추던 만월도 떠 있으리라

꽃이 피고
눈이 올 때까지 운명의 물레질을 끝내고
또 수행 중인 고승들

뿔소라의 오류

평소에도 철옹성 같은 껍질이 외부의 어떤 침입자로부터 자신을 보호해 줄 것이라는 신앙심을 가지고 그는 살았다 어느 날, 뿔을 세우고 한적한 바닷가를 산책하는데 예고도 없이 육중한 폭풍우가 들이닥쳤다

난생처음으로 경험해 보는 죽음의 공포였다 그럴수록 그는 철갑 옷보다 더 단단한 껍질을 믿으며 잽싸게 껍질 속으로 피신했다 그리고 은신 중에도 한참 동안 이곳저곳을 굴러다녔다 정지된 이곳이 어디쯤인지 궁금해하던 차에 갑자기 그는 온몸이 아랫목처럼 따뜻해져 오는 것을 느꼈다

폭풍우가 지나가고 이제 화창한 봄날이 찾아왔을 거라고 생각했다 큰 기지개를 켜며 껍질 밖으로 얼굴을 쭈~욱 내밀어 보았다 아- 아 그곳은 소주에 얼굴이 구워진 취객들이 둘러앉아 있는 화덕 석쇠 위였다

강물과 아버지

저 강물은 아버지를 닮았다

발도 없는 강물은 삼백예순날을 걷기만 한다 젖은 몸일지라도 늘 은빛 정장을 입고 산다 강물은 세상이 어지러울 때 황톳빛 얼굴로 분노하는 아버지를 닮았다 가뭄으로 물고기들의 비늘이 떨어져 나갈 때 강바닥을 기어가는 모습도 흡사하다 강변에 모여 사는 달맞이꽃에게 안부를 묻는 것도 닮았다 온몸에 뿔이 솟아난 돌개바람을 안고 걷는 일이며, 강가에서 잠든 폐선을 한 번쯤 흔들어 주는 일도 강물은 아버지를 닮았다 나침반이 없어도 항로를 이탈하지 않는 일이며, 바다에 다다라도 문자 한 줄 보낼 줄 모르는 강물은 그것마저 아버지를 닮았다 바닷물로 몸을 절이며 사는 강물은 아버지를 닮고 또 닮았다

아버지가 저 강물을 낳았다

중고 가전제품

불혹의 긴 언덕을 지나 지천명의 강을 건널 즈음에
만성 기관지염을 앓는 트럭에 실려
A/S센터까지 실려 왔다

미처 생이 개봉되지 않은 청춘의 시절엔
기차 화통을 삶아 먹은 듯이 천하를 호령하는 때도
있었다 혹은,
모가지를 꺾어도 또 살아나는 수양버드나무처럼
재생하는 날도 있었다
방송 작가가 써 준 원고지를 있는 그대로 읽어 가는
뉴스 앵커처럼 외길을 걸어왔다
흐린 날에도 영혼이 빛나는 장군 어깨의 별처럼
검은 밤을 몰아내며 살기도 했다
바다가 무덤인 줄 알면서도
온몸을 적시며 흘러야만 하는 강물처럼, 나도
아이들의 저녁 밥상에 잘 익은 사주를 올려 주려고
흰 뼈가 드러나도록 망치질을 해야 하므로
운명의 채석장으로 갔다 그러므로
나를 폐허의 도시에서 펄럭거리는 깃발이나,
어두운 창고에 쌓아 둘 폐품이라고 부르지 마라

>
아직도 전원스위치만 누르면 전신에 혈색이 도는
부활의 별이므로……

DMZ의 털매미

휴전선을 넘어온 시간이 철기시대보다 더 오래된
털매미 한 마리,
철책 선을 끌어안고 온종일 울부짖는다

처음 들었을 때 팔월의 끝자락에서 홀아비바람꽃이 너도
바람꽃에게 구애하는 줄로 여겼으나, 피난길에서 단발머리
소녀의 손을 놓아 버린 그가, 그 업을 씻으려고 날마다 허
물 벗는 소리였다 목덜미엔 한이 쌓여 퇴적층을 이룬 주름
이 난무하다 그러나 그의 울음소리는 DMZ의 적막을 깨고
도 남았다

죄업이 찌들어 있는 가슴으로 어떤 불빛 하나 찾아오지
않아, 그는 늘 등대가 꺼진 저녁 바다였다 푸른 그리움의
실핏줄이 칡넝쿨처럼 얽혀 있는 손으로 그 모래 위에 소녀
의 얼굴을 수만 번 그리다가 지우고 또 지웠으리라 이제 그
가 매달린 철조망에 반쯤 건조된 좌절이 바람 빠진 고무풍
선처럼 매달려 있다

하얀 기억들이 활화산처럼 끓어오르는 늦은 오후
그가 떠나간 자리에
슬픔이 창백한 저승꽃으로 피어나고 있다

7일간의 스토킹

성문을 굳게 닫고
견고한 토성처럼 사람들이 살아오던 어느 날

얼굴 없는 신원 불명의 자객이 삼지창을 들고 찾아와 스
토킹을 할 거라는 풍문이 돌았다 누구는 대문에 붉은 부적
을 붙여 놓기도 했다 그러나 그가 성을 점령하자 하루도 버
티지 못한 사람들은 시름시름 앓으며 선홍빛 기침을 했다

성이 무너졌다 몇 개의 화살이 날아와 성문을 지키던 병
사의 가슴에 꽂혀 성안에 비명 소리가 가득 채워지고, 라일
락꽃이 피는 정원에서 푸른 신호등처럼 살아가던 사람들이
폐광의 동굴처럼 어두워졌다

다급해진 알약들은 방패를 들고 뼈마디와 뼈마디 사이에
숨어 있는 그들과 치열하게 싸웠다 강 건너 마을의 두견새
는 안전 안내 문자를 연일 보내왔다 타미플루는 혈관에 잠
복하고 있던 자객을 육박전을 치르며 싸웠다

스토킹이 끝나도
뒷골목 가게들은 여전히 잔기침을 하며
마스크로 입을 밀봉하고 있다

피내골의 폐가

문짝이 뜯겨 나간 빈집 한 채가 동그마니 앉아 있다

예전에 그 집의 무쇠솥에서 감자가 익어 가는 저녁과
남포등이 밤새워 어둠을 닦아 내던 새벽도 있었으리라
명절이 다가오면
제사용 지방을 쓰는 아버지의 진지한 표정과
시루떡을 찌던 어머니의 누적된 피곤도 있었으리라

하지만 가마솥에서 낯익은 궁핍을 끓이던 일도,
적막을 깨는 부엉새 울음소리에 눈이 큰 아이들이
화롯불에 둘러앉아 궁핍을 구워 먹던 날들도,
면도날 눈빛의 시간이 그들을 도시로 내몰았거나
천상의 층계를 오르게 했으리라

헤어진 가족끼리 그리워하는 길이만큼 마당에는
잡초가 웃자라나 있다
주인을 기다리던 빈집은 홀로 남아 울고 울다 지쳐
한쪽으로 기울어져 가고
자두나무 가지엔 목쉰 매미 울음소리만 가득 열려 있다

\>

폐선이 침몰하듯이 석양이 서산으로 가라앉아도
빈집을 바라보는 어떤 중년의 사내가
오~ 오래도록 텅 빈 마당을 드론처럼 맴돌고 있다

물의 하산下山

혀가 검은 사람들이 떼 지어 산을 오른다
그때부터 계곡물은 산 밑으로 내려가기 시작했다
계곡을 걸으며 야생화의 혈관을 짓밟을까 봐
맨발로 계곡을 따라 걸었다
그래서 그들에겐 발톱이 없는 까닭이다

몇 개의 빗방울만 내려가는 줄로 알았으나
수천 개의 은빛 여자들이
빈 젖을 입에 물고 우는 어린 물방울을
등에 업은 채 걷고 있었다
그래서 계곡의 물소리가 요란했던 것이었다

오직 허기를 채우려고
뒤를 돌아보지 않고 하산하는 줄 알았으나
어둡기 전에 두 무릎 꿇고 온갖 폐수를 받아 주는
바다를 만나야 했다
그래서 앞만 보고 흘렀던 것이다

늙은 목수

목수는 태아의 집을 짓기 시작했다 사내아이 사주 속에서 푸르게 자라던 한 그루 무궁화나무, 꽃을 활짝 피워 내고, 천수를 누리라고 이름을 장수라고 지었다 찬 공기로 허기를 채우지 말라며, 주춧돌에 큰 '財' 자를 새겼다

때로는 납덩어리 얼굴로 달려드는 태풍을 잘 견디어 내라고 네 기둥을 성스러운 성황당 상수리나무로 세웠다 목수가 펼쳐 든 설계 도면 한켠에서 눈꼬리 치켜세운 사금파리가 발견되어 황급히 물개 가죽으로 지붕을 씌웠다

먼 훗날, 가슴으로 후벼 들 하얀 고독, 그리고 단단한 적막을 쫓아내 줄 푼끼리 하나 싸리문 밖에 꼘이 두었다 천둥소리에 실밥이 터져 버린 정신을 일깨워 줄 우물도 마당에 파 두었고, 사주를 지켜 내라고 긴 솟대도 세웠다

고삐 풀린 시간으로 태아의 어린 뼈는 다 자라서 의문의 부호들이 산란하는 도시로 떠나갔다 저녁이 되어 심란한 마음을 다스려 보려고 고독을 대패질해 보지만 그 고독의 대팻밥은 목수의 가슴속으로 자꾸 말려들었다

노모의 등단작

그는 새벽부터 텃밭에 나가 밭고랑을 만드신다
방물토마토 몇 포기를 심는 줄 알았는데
호미로 시를 쓰고 계셨다

첫 골에는 예전에 넘던 보릿고개 한 포기를 심었다
다시는 넘지 않겠다며 검정 비닐로 덮었으나
보리개떡의 싹이 돋아났다

북천으로 먼저 떠난 지아비 얼굴이 설핏 떠올라
2행 밭고랑에 애증을 깊이 묻었으나
오이꽃으로 환하게 피어났다

쉰 살을 넘긴 독신녀 큰딸의 사주를
남몰래 고추밭 골에 심었는데도 몇 달이 지나자
멕시코 옥수수가 열렸다

마지막 밭골에 감자 씨눈을 풍유법으로 써 놓았다
줄기마다 둥근 손주들이
쇠불알 같이 주렁주렁 매달려 까르르 웃고 있다

\>

그는 구순이 넘기 전에 한 권의 시집을 내겠다며
오늘도 저녁노을을 등에 짊어진 채
끝이 무딘 호미로 밭을 갈아엎으며 교정을 본다

블랙커피

그는 낯선 이방인이다 잠자는 거인이고
지중해의 아들이다

나의 입술로 다가와 불면을 강요하지만
내 입 안에 머무르던 번민들이
일시에 달아난다

화상의 몸으로 찾아와
한적한 카페의 외등처럼 밤을 지새우던
나를 새벽으로 인도했다

어느 날엔
노-크도 없이 나의 빈 동굴로 들어와
황량한 나를 꽃이 되게 했다

그때 비로소
그가
아프리카 검은 눈물이라는 것을 알았다

저녁 뉴스

이른 새벽, 시내버스를 타고 출근 중이었다
구급차가 붉은 얼굴로 황급히 달동네로 달려간다
잠시 후, 라디오에서
소녀 가장의 죽음이 토막 뉴스로 흘러나왔다

그 뉴스가 온종일 귓전을 떠나지 않았다
그늘이 잔뜩 드리워진 기분으로 하루를 마치고
집으로 퇴근했다
마침 그때, TV에서 저녁 뉴스가 방영되었다

벚나무 아래로 걷던 상춘객들이 솜사탕을 핥으며
히죽히죽 웃는 배경 영상을 보여 주며
앵커가 온 천지에 꽃이 피는
봄이 왔다고 흥분된 얼굴로 소식을 전했다

여의도 국회의사당의 볼썽사나운 설전을
톱뉴스랍시고 오랜 시간을 할애하며 방영했다
기상 캐스터도 내일은 제법 많은 비가 내릴 거라며
우산을 준비하라는 친절도 베풀었다

\>

그러나

아침에 라디오에서 토막 뉴스로 전하던

지하방에서 화석으로 발견된 소녀 가장의 소식은

끝내 저녁 뉴스로 나오지 않았다

해 설

'원형'의 부활을 꿈꾸는 한 낭만주의자의 초상

이성천(문학평론가)

1. 세상 모든 풍경은 마음의 풍경

간혹, 어떤 시인들은 세상의 특정한 풍경에 자신의 시선을 붙잡아 두려 한다. 이를테면 "50년의 오랜 세파에 시달리며 얼굴 곳곳에/ 저승꽃이"(『구녕가세』) 핀 "구녕가게"의 풍경이라든지 박수근 화백의 봄날 "빨래터"(『기억의 주머니』) 그림 속 조영, 혹은 "만년 과장 명패를 반납한 늦은 저녁"(『퇴사역』) "퇴사역"의 쓸쓸한 정경과 "오래도록 변두리를 배회하며 사는 동안 두 눈은 퇴화"(『회전목마』)한 놀이공원 "목마"의 모습 등이다. 그런데 사실 시선의 주체가 바라보는 세계의 모습에는 어떤 방식으로든 이미 응시자의 내면이 개입한다. 하물며 그것이 서정시의 경우라면 사정은 더욱 말할 나위가 없다. 서정시는 본질적으로 마음의 작업이고, 따라서

100

서정적 주체가 응시하고 주조하는 세계의 풍경이란 곧 시인 내면의 풍경에 다름 아닌 것이다. 세상 모든 풍경은 마음의 풍경이라는 한 미학자의 오래전 문구는 이 사실을 압축적으로 웅변한다.

심은섭의 네 번째 시집『물의 발톱』은 세상의 풍경에 관한 이야기이다. 자연 생명체와 온갖 우주적 사물들의 내력에 관한 보고이고, 삶의 이면에 대한 인정의 기록이다. 동시에 이 시집은 어느덧 인생의 반환점을 통과하는 시인이 스스로 지나온 세월의 흔적을 차분하게 반추하고 있다는 점에서 정직하고 염결한 자기 고백서이기도 하다. 새 시집에서 시인은 힘을 뺀 언어와 예민한 감각 및 참신한 이미지들로 이 모두를 실시간으로 전송한다.

이런 까닭에 새 시집에는 대관령 부근 마을의 "두꺼운 경전 같은 사람들"(「어흘리 사람들」)에서부터 "출생의 환희보다 빈 젖의 맛을 먼저 눈치챈 열세 살의"(「열세 살의 셰르파」) 개별 존재에 이르기까지 따뜻하면서도 서늘한 세계의 다채로운 표정이 숨 쉬고 있다. 뿐만 아니라 "밀고 밀어도 추락하지 않는"(「설악산 흔들바위」) 자연 사물의 속사정을 헤아리거나 "땀에 늘 젖어 있던 몸, 말려 보지 못하고 떠난 사내"(「아무도 슬퍼하지 않는 고독사」)에 대한 우울한 생각, "라파엘 천사의 눈빛으로 세상은 다시 원형으로 부활"(「나이팅게일의 후예들」)하기를 열망하는 실존의 간절한 내면이 빼곡하게 들어 차 있다.

심은섭의 시집이 세상의 풍경을 다루고 있다는 것, 조금 더 비약해서 말하자면 시인의 고유 언어와 유연한 상상력으로 세상의 내면 풍경을 재구하고 있다는 사실은 시사하는 바가 크다. 왜냐하면 이 사실은 현 단계에서 그의 시가 현실 세계의 인과론적 질서와 우리 삶의 이력에 대한 미학적 이해를 도모하거나, 인생의 참된 의미를 적극적으로 견인하고 있음을 암시하는 까닭이다.

2. 달의 서정, 달의 몰락

심은섭의 시편들이 세계의 내면 풍경 또는 우리 삶의 이력에 대해 말한다고 했거니와, 이는 금번 『물의 발톱』에 실려 있는 작품의 면면을 통해 어렵지 않게 확인된다. 새 시집에는 「독도학 개론」, 「빙어의 비망록」, 「맷돌의 궤적」, 「감나무 100년사」와 같이 세계 내 저마다의 존재 방식에 대해 시인이 명명한 일종의 자기 증명(내력)서가 첨부되어 있다. 아울러 시인이 지나온 세월의 흔적들과 관계하니 서정적 주체의 내밀한 마음을 밀도 있게 현상하고 있는데, 여기에는 대상을 향한 서정적 주체의 고유한 사유 체계와 세계 이해의 방식이 수반되고 있다.

공중에 떠 있는 둥근 집 한 채

저녁 귀갓길에 만취의 눈빛으로 바라보았다 어두운 저녁
이 풀어놓은 음모를 까마귀가 물어다 지은 빈 둥지인 줄 알

앉으나 딛고 올랐던 사다리마저 끊어 버린 채 번뇌를 지우
는 한 여승의 암자였다

  흰 이빨을 드러내며 검투사들의 하얀 죽음의 냄새를 기
억하는 사자가 피의 맛을 보던 로마의 원형극장인 줄 알았
으나 날카로운 발톱을 드러낸 적막을 밤마다 밀어내며 푸
른 몸을 소금에 절이는 섬이었다

  오랜 세월로 혀의 미각을 잃어버리고 기억상실증에 시달
리던 늙은 제빵 화덕이 허공에 걸어 놓은 대형 피자인 줄
알았으나 지문이 닳도록 구원의 천을 짜던 사제들이 부활
절 미사 시간에 들어 올린 성체였다

  몰락한 왕조의 역사가 좀처럼 반성하지 않는 얼굴을 비
춰 보던 이끼 낀 청동거울인 줄 알았으나 봉황이 그려진 곤
룡포를 입은 오동나무가 되라고 은관을 쓴 여인이 나를 위
해 빌어 주며 띄운 풍등이었다
                                        ―「만월滿月」 전문

「만월」은 심은섭의 세계 인식 방법을 효과적으로 보여 준
다는 점에서 꽤나 흥미로운 작품이다. 전 5연으로 구성된
이 시에서 "만월"의 정체는 시시각각 변모한다. 이를 순차
적으로 정리해 보이면, "공중에 떠 있는 둥근 집 한 채"와
"번뇌를 지우는 한 여승의 암자", "적막을 밤마다 밀어내며

푸른 몸을 소금에 절이는 섬"과 "사제들이 부활절 미사 시간에 들어 올린 성체" 그리고 "은관을 쓴 여인이 나를 위해 빌어 주며 띄운 풍등"의 수순이다. "저녁 귀갓길에 만취의 눈빛"이라는 단서를 달고 있지만, 이 시에서 시인의 눈에 비친 "만월"은 여전히 신성성과 "둥근" 모성을 간직한 기원의 대상으로 그려진다. 뿐만 아니라 작품의 배면에는 여성성과 주기적 순환성이 부단히 작동하고 있다. 심은섭 특유의 입체적 상상력은 "만월"의 전통적 이미지와 결합하여 시적 효과를 극대화하고 있는 것이다. 이런 측면에서 「만월」은 자연 오우五友를 제재로 삼은 한국 시가의 한 계보를 이어 간 것으로 일단 평가해 볼 수 있다. 물론 이때 펼쳐지는 "만월"의 계보학적 풍경이란 타자를 향한 기원과 자기희생의 의미를 되뇌는 시인 내면의 재현임은 새삼 재론의 여지가 없다.

그런데 「만월」이 의도하는 바가 여기까지라면, 사실 이 시는 심은섭의 제재 가공 능력과 탄력적 상상력을 확인하는 것 이상이 의미를 부여하기 어렵다. 달 이미지의 상상적 변주는 주변의 시편들에서도 얼마든지 찾아볼 수 있기 때문이다. 하지만 「만월」의 시적 파장은 이 정도에서 그치지 않는다. 정작 「만월」의 궁극적 묘미는 달을 소재로 취한 또 다른 시편들과의 연계 속에서 중층적으로 확보된다. "질긴 모성애"를 "만월의 자궁"으로 표현하여 주제적 의미망을 확충한 「만삭의 여인 2」와 실존의 삶에 각인된 부정할 수 없는 "원형"을 "열 두 개의 달"의 상징으로 중첩시킨 「달의 자화상」, 또한 추수가 끝난 대자연("들판")의 넉넉함과 수고로

움을 "빈 들판을 비추던 만월"을 대동하여 "다 닳은 아버지의 뒷모습"(부성애)마저 예인한 「들판의 마시멜로」가 여기에 해당한다. 이 작품들은 공히 '달'의 상상력과 상징적 의미를 강화하거나 확산시킴으로써 이른바 심은섭식 '달의 서정'을 구축한다. 모성과 부성, 그리고 생명의 원형성과 삶의 본래성이 살아 꿈틀거리는 그 원초적인, 너무도 원초적인 서정적 분위기 말이다.

'달'을 전유한 그의 주요 시편들이 시종일관 평안하고 아늑하며 온기로 가득한 이유도 여기서 기인한다. 이즈음 시인의 시선(視線, 詩選)은 '달의 서정'으로 충만한 세계에 가닿아 있는 것이다. 혹 어쩌면 그것은 시인이 재편하고자 하는 세상의 질서일지도 모를 일이다. 더하여 그의 시가 기도하는 세계 불변의 신성한 풍경이다. 마치 "달빛이 수수밭에 벗어 놓고 간/ 유행을 타지 않은 푸른 새벽"(「궁서체의 여자」)의 풍경처럼.

그러나 문제는 그리 간단하지가 않다. '달'을 등장시킨 또 다른 시 「물의 발톱」에서 심은섭식 '달의 서정'은 그야말로 '먼 달나라 이야기'로 추락한다.

달에서 지구의 플라스틱 병이 발견되었다
그 사실을 지구를 향해 황급히 타전했으나

인류가 벌집의 애벌레를 털어 먹었고, 피조개가 소유했던 갯벌을 갈아엎고 세운, 공장 굴뚝의 연기를 들이마신 나

팔꽃이 성대결절로 나팔을 불지 못해 새벽을 불러올 수 없
다는 것이다 산속 벌목공들의 톱질 소리에 숲들이 원형탈
모증에 시달리고 있다고 산새들이 또 신문사에 제보했으나
입에 거품을 물고 쓴 기사 하나 없다

　신문을 읽던 빗방울들이 치를 떨며 강가에 모여 완강한
쇠사슬의 스크랩을 짜고 황톳빛으로 흐르기 시작했다 그
때 그들의 발톱을 나는 처음 보았다 그 발톱으로 지상의 모
든 길을 집어삼켰다 겁에 질린 어떤 나무는 겨울에 붉은 꽃
을 피웠다 종족 번식을 위해 여름밤과 협상하던 달맞이꽃
의 생식기마저 알뜰하게 거세하고 말았다

　온순한 물방울이 악어의 DNA를 얻으려고
　아프리카로 떠났다는 풍문이 나돌았다
　　　　　　　　　　　　　　　─「물의 발톱」 전문

　표제작 「물의 발톱」은 '달의 몰락'에 관한 이야기로 시작된
다. "달에서 지구의 플라스틱 병이 발견되었다"는 우주 생
태계의 "타전"이 그것이다. 달의 몰락은 급기야 지구의 몰
락으로 전이된다. "공장 굴뚝의 연기를 들이마신 나팔꽃이
성대결절로 나팔을 불지 못해 새벽을 불러올 수 없다", "산
속 벌목공들의 톱질 소리에 숲들이 원형탈모증에 시달리고
있다", 이 사실을 "산새들이 또 신문사에 제보했으나 입에
거품을 물고 쓴 기사 하나 없다", 그래서 "신문을 읽던 빗방

울들이 치를 떨며 강가에 모여 완강한 쇠사슬의 스크랩을 짜고 황톳빛으로 흐르기 시작했다", "어떤 나무는 겨울에 붉은 꽃을 피웠다", "달맞이꽃의 생식기마저 알뜰하게 거세"당했고, "지상의 모든 길을 집어삼"킨 "온순한 물방울"은 "악어의 DNA를 얻으려고/ 아프리카로 떠났다"의 시구들은 지구 현장에서 흘러나오는 구체적 몰락의 서사이다.

「물의 발톱」에 펼쳐진 서사적 분위기는 분명 이전 「만월」을 비롯한 「만삭의 여인 2」「달의 자화상」「들판의 마시멜로」가 포착한 달의 서정과는 판이하다. 달은 추락했고, 지구는 끝 간 데 없이 타락했다. 모성과 여성성과 주기적 순환성과 재생성을 담당했던 달은 지금 여기 인간들의 발전과 개발 논리에 의해 무차별적인 착취의 대상으로 전락했다. 초록빛 행성의 자연 생태계는 문명과 진보의 이름으로 무자비하게 유린당했으며, 그 결과 자연 생명과 교감하던 공동체적 온기와 인간의 삶이 보존했던 '원형'의 흔적은 자취도 없이 사라졌다. 시인이 응시하는 세계의 질서는 맹목적 이성과 비합리적 합리성으로 무장한 야만적 문명이 주도하고 있는 것이다.

기실 자연의 궁핍화 현상과 이상기후로 인해 "온순한 물방울"의 포악한 "발톱"이 환각적으로 감지되는 현실에서, '달의 서정'을 유지하는 일은 현대의 일상인에게 상상조차 하기 힘든 일이 되어 버렸다. 이제 달은 무한한 상상력을 잠재한 순수 자연의 정서적 대상이 아니라 문명의 정복 대상이거나 과학적 탐구의 인공적 실재로 처리된다. 이런 맥락에서 보면 「만월」이 창출한 세상의 풍경은 "저녁 귀갓길에 만취의 눈빛"으로 바라본 환상의 세계에 불과할지도 모른다. 「물의 발톱」의 시인은 한편으로 이러한 사정을 인지하고 있을 것인데, 왜냐하면 과감한 상징과 반어, 압축과 전치의 언어들과 풍자의 레토릭을 구사한 그의 시야말로 최종적으로 이 우울한 "풍문"들을 우리에게 "타전"하는 까닭이다.

시 「만월」이 연계 시편들과의 공조 속에 주제적 의미를 확장할 수 있다는 것도, 심은섭의 시편들이 세계의 인과론적 질서를 재편한다는 진술도, 결과적으로는 이러한 의미에서이다. 시인의 내면에 비쳐진 특정한 세계의 풍경이란 '달의 서정'과 '달의 몰락'이 동일한 시공간에서 목격되는 비동일성의 동시적 풍경이었던 것이다. 달의 서정과 그것의 상상적 공간을 옹호하면서도 동시에 달의 몰락을 인정해야 하는 지구의 현실, 그러기에 풍요롭고 충만한 분위기를 유지하던 심은섭의 "만월" 계열의 시편들은 일순간 안타까움과 슬픔의 정조로 점철된다.

3. 풍경의 몰락과 원형에의 의지

심은섭 시편들이 실어 나르는 현실 세상의 우울한 소문과 풍문들은 일상의 생활 세계와 사실적 삶의 영역에서 보다 직접적으로 타전된다.

1.

신용카드가 결제되지 않는 대원미니슈퍼 철이 할머니,
철이가 루사를 따라간 뒤 우체통만 바라본다 아랫목에서
파닥거리는 철이 어리광에 할머니는 기둥에 걸려 있는 황
태를 닮아 간다 이른 새벽에도 그가 걸어온 길을 찾아보려
는 듯 보도블록에 내려앉은 어둠을 쓸어 낸다

2.

그 시간, 밀린 가게 월세로 밤새 열병을 앓던 건너편 복
권방 함 씨, 무릎까지 차오른 어둠을 헛기침으로 풀어낸
다 이 층 옥상으로 올라가 '당신이 크게 웃는 그날까지'라
고 쓰인 현수막에 쌓인 눈을 한 방울의 물이 되라고 아래
층으로 밀어내며 "매화는 아무리 추워도 꽃을 피운다"며
중얼거린다

3.

동해 방면 돌산반점의 자장면 냄새가 지나가는 사람들
의 발목을 잡는다 쉰 살에 분양받은 15평 아파트의 체납된
중도금 납부 날짜가 밤마다 불면증으로 찾아와 두 눈 부릅
뜨고 수타면을 뽑는 주방장 강 씨 어깨의 이두박근에 눈
빛이 오래 머문다 팔뚝에 '一心'이라는 푸른 문신이 더 선
명하다

4.

노모의 치료비로 그의 손끝에 압류 딱지가 붙은 뷰티머
리방 올드미스 박의 가위질이 한창이다 가윗날을 새파랗게
세우고 뱀눈으로 달려와도 그의 얼굴은 늘 회색빛이었지만
춘사월 초이렛날 면사포를 씌워 준다는 키 큰 사주단자가
있어 가위질은 더 빠르고 가볍다

정지선에 서서 은행나무골 사거리 풍경을 보던 덤프트럭
이 목이 길어진 슬픈 비늘을 털어 버리고 푸른 신호등을 따
라 직진 페달을 밟고 있다
　　　　　　　　　　　　　—「은행나무골 사거리의 풍경」 전문

인용 시는 시제가 지시하듯이 "은행나무골 사거리의 풍
경"을 비교적 단출하게 묘사한 작품이다. "대원미니수퍼"
"우체통" "기둥에 걸려 있는 황태" "건너편 복권방" "동해 방
면 돌산반점" "뷰티머리방" 등은 긱긱 풍경의 디테일을 남
당한다. 그런데 이 시의 풍경 속에는 정작 이런 것들만 들
어있는 게 아니다. 시의 풍경 속에는 쓰기 주체의 내밀한 마
음이 드리워져 있다. 작품의 행간에는 "철이 할머니"와 "함
씨"와 "주방장 강 씨"와 "올드미스 박"의 삶을 바라보는 시
인의 내면이 풍경들 사이로 투사되어 있는 것이다.

「은행나무골 사거리의 풍경」에 투사된 시인의 내면 심리
는 가령, 이렇다. 태풍을 "따라간" 손주 생각에 "철이 할머
니"는 "기둥에 걸려 있는 황태를 닮아 간다"는 것, "복권방

함 씨"는 "밀린 가게 월세로 밤새 열병을 앓"고 있다는 것, "주방장 강 씨"의 경우 "쉰 살에 분양받은 15평 아파트의 체납된 중도금" 때문에 "밤마다 불면증"에 시달린다는 것, "뷰티 머리방"은 "노모의 치료비" 탓에 "압류 딱지가 붙"었다는 것, "은행나무골 사거리 풍경"의 내면이 저러함에도 현실법칙이 집요하게 요구하는 "푸른 신호등을 따라 직진 페달을 밟고" 있는 것이 현재 우리의 삶이라는 것 등등.

이렇듯 이 시는 풍경을 전유하며 오늘날 생활 세계의 핍진함과 현실 자본주의 체제의 부박함을 함축적으로 재현한다. 이 시의 바짝 말라비틀어졌을 법한 "황태"와 "어둠" '추위' "불면증" "회색빛"의 "얼굴"은 "은행나무골 사거리의" 사람들이 하나같이 건조한 일상을 영위하거나 비루한 삶을 살아가고 있음을 엿보게 한다. 특히 "신용카드"와 '밀린 월세'와 "체납"과 "압류" 같은 자본주의 품목의 행렬은 의미의 확장 과정을 거치며 독자들로 하여금 현재적 삶의 '불편한 진실'을 예감하게 한다. 그리고 그 불편한 진실이 타율적 강제가 횡행하는 현대 문명사회에서 인간화의 미덕과 본원적 생명력 상실의 문제임을 추측하는 것은 그리 어려운 일이 아니다. 「은행나무골 사거리의 풍경」에서 심은섭은 자본주의 질서 체제에 압류되고 차압당한 사람들의 삶을 통해 현실 세계의 사실적 삶에 대한 이해를 도모하고 있는 것이다. 그러므로 이 불편한 진실의 세계 인근에는 일전 "고통이 고통에게 기대어 산다"라는 자연 사물의 목소리를 음미하며 "출생의 환희보다 빈 젖의 맛을 먼저 눈치챈 열세 살의 셰르파"

(『열세 살의 셰르파』)가 함께 살고 있다. 그렇기에 저 불편한 진실의 그늘진 풍경 속에는 "땀에 늘 젖어 있던 몸, 말려 보지 못하고 떠난 사내/ 전세 계약서에 도장 한번 찍어 보지 못했을, 그리고/ 지상에 제 발자국 하나 제대로 남겨 보지 못한 채/ 목관 속에 몸을 눕혔다"(『아무도 슬퍼하지 않는 고독사』)는 인류의 죽음이 놓여 있다.

생환의 귀가를 도우려고 마스크와 고글을 입고 잠든 나이팅게일의 후예들, 타락한 인간의 땅을 정화하려고 흰 가운을 입고 목에 청진기를 걸친 히포크라테스의 후예들이 라파엘 천사의 눈빛으로 세상은 다시 **원형**으로 부활하고 있다
—「나이팅게일의 후예들」 부분

늦은 오후가 밤 아홉 시 쪽으로 점점 기울어질수록 나는 아버지의 뒷모습을 필사하며, 흑은 그가 헛기침하며 벹이 낸 생의 질박한 무늬와 질량마저 표절한다.

내가 서 있던 언덕에 긴 칼을 찬 첫째 아이가 해원을 바라보며 서 있다 그의 몸속에서도 내가 푸르게 기억하던 열두 개의 달이 **원형**을 간직한 채 떠오르고 있다
—「달의 자화상」 부분(강조 필자)

분명 심은섭식 '달의 서정'은 몰락했다. "굴뚝은 파이프

112

를 입에 물고 연신 검은 교만을 뿜어내"고 "하늘엔 검은 달이 떠"(「양파밭의 수난기」)오르는 자연 생태계는 기이 파산 상태에 빠졌다. 또한 "은행나무골 사거리"에서 "히말라야산맥"에 이르기까지 지구 공동체 인류의 순결성은 진즉에 만신창이가 되어 버렸다. 지금 여기의 시인은 '달의 몰락'을 넘어 세상 '풍경의 몰락'을 목견하고 있는 것이다. 하지만, 그렇다고 해서 이 말은 심은섭의 시가 좌절과 고통과 슬픔의 실제를 기록하는 데 온통 바쳐지거나 우울한 정서로 채색된다는 뜻은 아니다. 도리어 그의 시는 풍경의 몰락을 경험하면서도 세계의 고유한 내면(풍경)으로서 '원형'에 대한 감각을 잃지 않으려고 무진 애를 쓴다. 아니, 풍경의 몰락을 경험하기에 '원형'에의 의지를 불태운다.

「나이팅게일의 후예들」과 「달의 자화상」은 이런 "원형"을 간직한 작품이다. 시인이 직감하는 "원형"의 순간이자 "원형"의 영원한 풍경이다. 이 시들은 시인인 "내가 푸르게 기억하던 열 두 개의 달이 원형을 간직한 채 떠오르고 있"는 순간을 포착하거나 "세상은 다시 원형으로 부활하고" 있는 풍경으로 현전한다. "내 몸속에 나의 아버지가 산다는" 자각과 "헛기침하며 뱉어 낸 생의 질박한 무늬와 질량마저 표절"하는 행위에는 "서른을 넘긴" 자식을 키운 아버지의 그 아버지를 향한 한없는 그리움과 존경과 연민이라는 인간 "원형"의 감정이 고여 있다. 또한 코로나 전염병으로 인해 "생사의 아우성이 들려"오는 상황에서 "생환의 귀가를 도우"며 "타락한 인간의 땅을 정화하려"는 "라파엘 천사의 눈빛"은 시인이 그토록 찾아 헤매던 공동체적 삶의 고귀한 "원형"의 흔적에 다름 아니다.

이처럼 심은섭에게 "원형"은 인간 본성의 기원적 상태이자, 현대적 일상성이 기어이 훼손하고 망각한 근원적 삶의 고유한 지대이며, 맹목적 소비와 자본의 질주 속에서도 인간과 자연 생명이 교감하고 조응하는 풍경으로 상정된다. 그러므로 심은섭 시인에게 "원형"은, 세계의 원형적 풍경은 결코 먼 곳에 있지 않다. 박수근의 "그녀의 등에서 생산된 단단한 모정이 등에 업혀 잠든 아이에게 온종일 충전되"(「기억의 주머니-박수근의 〈빨래터〉」)는 그림과 "지문이 다 닳은 손으로 나의 사주를 수선해 주었"던 "무명 저고리를 입은 한 노모"(「접시꽃」)의 자기희생은 인간의 원형적 모습이다. "멧돼지가 몰래 은신 중인데도 어린 개조차 짖지 않는" "대관령 자락 첫 동네"(「어흘리 사람들」)의 아득한 풍경은 그 자체로 세상의 원형을 표상한다. "A4" 용지에서 "등나무의 순교"(「등나무의 순교」)를 떠올리는 순간과 "서 상물은 아버지를 닮았다"(「강물과 아버지」)라는 묵직한 생각, "한평생 눈물을 찍어 쓴/ 궁서체 편액 한 장이 오래도록 내 몸속에 걸려 있다"는 어머니를 향한 절절한 심사는 모두가 세계 원형의 무수한 흔적들이다. 그의 시에 그리움의 대상들과 한동안 소외의 영역에 있었던 자연 생명체가 자주 등장하는 원인도 이런 사정에서 비롯되었을 것이다. 새 시집 『물의 발톱』은 "세상은 다시 원형으로 부활"하기를 염원하는 시인 의식의 산물이었던 것이다.

그러기에 "원형"에의 의지를 분출한 심은섭의 시편들에는 마지막으로 이런 진단이 덧붙여질 법도 하다. 시인이 상정하는 "원형"은 어디에나 있고, 어디에도 없다. 마찬가지로 원형의 풍경은 현재적 삶을 살아가는 우리가 좀처럼 쉽사리 가질 수 없는, 그러나 가질 수 있는 세상이다!

4. "원형"의 부활을 꿈꾸는 한 낭만주의자의 초상

이제 막 "퇴사역"의 숙성된 시간대에 진입한 심은섭의 시구를 비틀어서 말해 보자면, 우리가 사는 세계에는 두 개의 기록이 존재한다. "지워 주기를" 원하는 기록과 "지워지지 않기를" 바라는 기록이 그것이다. 시인에 따르면 두 개의 기록은 항시 용서(이해와 수용)와 반성(성찰과 화해)의 마음을 필요로 한다. "용서의 바람이 불어와 그 기록을 지워 주기를" 희망하거나 "반성의 바람이 불어와 그 기록이 지워지지 않기를"(「사막으로 출가한 낙타」) 염원하는 마음의 형국이다. 그래서일까, 세상의 내면 풍경을 기록한 시집 『물의 발톱』은 이 두 개의 마음들 사이에서 서성이고 있다. 거기서 시인은 '풍경의 몰락'이라는 현실의 참담한 사태를 사실적 삶에 대한 이해를 바탕으로 낮은 자세와 겸허한 마음으로 수습하는 중이다. 과연, 인간과 자연 생명과 우주의 본원적 상태를 반성적으로 성찰하며 그 "원형"의 부활을 꿈꾸는 중이다.

이렇게 볼진대, 심은섭은 낭만주의자다. 태생적으로 어

쩔 수 없이 그는 낭만파 시인이다. 무엇보다도 시인에게 낭만이란, 문학에서의 낭만주의란 자기의 본래적 고향(근원)으로 되돌아가려는 예술의 근본정신이 아니던가. 그러니 '달의 서정'을 기억하며 전 우주적 "원형"의 부활을 꿈꾸는 심은섭 시인의 『물의 발톱』은 서정적 주체의 순결한 내면이 가득 들어선, 한 낭만주의자의 심리적 초상이 아닐 것인가.